AF246717

LES

DEUX ANGES

LES
DEUX ANGES

DIALOGUE RELIGIEUX EN TROIS PARTIES

PRÉCÉDÉ

D'UN PROLOGUE

PAR

ADOLPHE POUJOL

PARIS

LIBRAIRIE CLASSIQUE ET ÉLÉMENTAIRE

DE CH. FOURAUT

47, RUE SAINT-ANDRÉ-DES-ARTS, 47

1863

PERSONNAGES

—

LE BON ANGE.
LE MAUVAIS ANGE.
LA JEUNE FILLE.

COSTUMES DES PERSONNAGES

L'Ange Gardien est vêtu avec la plus grande simplicité ; il porte une robe blanche et une couronne de même couleur sur la tête. La Jeune Fille a une toilette très-simple. Satan est magnifiquement vêtu, et porte une couronne composée de fleurs de différentes couleurs ; une belle ceinture entoure sa taille, et une chaîne d'or pend à son cou.

LES DEUX ANGES

PROLOGUE

LES DEUX ANGES.

LE BON ANGE.

Que viens-tu faire ici, messager de l'enfer? Ne dissimule point, tu viens dans cette paisible demeure tenter une jeune fille, une innocente brebis. Tu viens lui insinuer le vice sous un appât trompeur.

LE MAUVAIS ANGE.

Oui, je suis l'ange déchu, je suis Satan! Admire ma forme séduisante, ma voix est douce et persuasive; mes yeux, vifs et brillants, font rêver le plaisir et entraînent vers moi avec une force irrésistible...

LE BON ANGE.

Souvent aussi l'illusion cesse. Sur ton visage, qui d'abord a paru si attrayant, on lit une impression infernale ! Sous cette brillante parure, on découvre le corps affreux du démon ; va-t'en ! tu ne dois pas séjourner dans le cœur d'une jeune fille; va-t'en ! si tu veux t'épargner la honte d'une défaite.

LE MAUVAIS ANGE.

Je reste, car Dieu m'a permis de combattre avec toi. La jeune fille, que je vais tenter, a seule le droit de me chasser.

LE BON ANGE.

Il est vrai ! Dieu a voulu donner à ses enfants le mérite de te chasser, afin de rendre leur victoire plus éclatante.

LE MAUVAIS ANGE.

C'est à moi qu'elle reviendra, la victoire ! J'ai sous ma puissance les passions humaines !...

LE BON ANGE.

Je suis envoyé par le Tout-Puissant, pour protéger tes victimes et les préserver de tes piéges séducteurs.

LE MAUVAIS ANGE.

Enfer ! et vous tous, génies du mal, donnez-moi assez d'éloquence pour faire persévérer la jeune fille dans ces trois vices : la paresse, la coquetterie et l'impiété, entends-tu Chérubin? trois vices, dont chacun est suffisant pour perdre une âme!... (*Riant.*) Ah! ah! ah! c'est moi qui leur ai donné naissance !!! Que m'opposeras-tu ?

LE BON ANGE.

La vertu ! ce sentiment du bien. O mon Dieu! inspire-moi de ton esprit divin; aie pitié de la jeune brebis !

PREMIÈRE PARTIE

LA COQUETTERIE

LA JEUNE FILLE, LE BON ANGE *à sa droite,*
LE MAUVAIS ANGE *à sa gauche.*

LE MAUVAIS ANGE.

Pourquoi donc un costume si simple? toi si jolie, il ne te manque qu'une toilette pour être proclamée la plus belle. Qu'une main habile montre l'ombrage épais de ta longue chevelure, sans cacher ton front élevé et majestueux ; qu'un léger chapeau, orné de rubans et de fleurs, fasse ressortir, par sa couleur avantageuse, ton teint de lis et de roses ; alors, à la promenade, la foule se presse sur tes pas, tu attires tous les regards. Qu'elle est belle ! s'écrie-t-on de tous côtés. Au bal, pour toi toutes les invitations, toutes les louanges ; tu captives, tu subjugues ! Es-tu fière de tant de succès : un sourire d'orgueil et de plaisir vient ajouter un nouvel éclat à ta beauté.

LA JEUNE FILLE.

Quel tableau enchanteur. Quoi! je serais fêtée
comme une reine!... J'adore les compliments...
On ne fera attention qu'à moi, à moi seule! Je sur-
passerai toutes mes compagnes par mes grâces et
par ma toilette. Oh! dorénavant, je consacrerai
tous mes instants à me parer.

LE BON ANGE.

La vie est déjà si courte pour faire le bien! et
tu veux la dissiper, en t'occupant de chimères et
de frivolités : aimer la toilette, c'est trahir la nature.

LE MAUVAIS ANGE.

Ce n'est pas en vain que l'Angleterre exporte
ses dentelles, que Madrid montre ses gracieuses
mantilles; ce n'est pas en vain que les Indes dé-
ploient leurs cachemires; c'est pour ton sexe, c'est
pour toi!

LE BON ANGE.

Pour une jeune fille, la simplicité est le plus bel

art. Si tu affectes d'avoir une toilette recherchée, on dira : Elle n'est pas si jolie, puisqu'elle a recours à la toilette. Être simple et naturelle, c'est la première coquetterie. La fleur des champs ne brille que par sa fraîcheur. Sois aimable, montre ton charmant sourire, et tu captiveras tous les cœurs; mais si tu t'habitues à attacher une si grande importance aux charmes de l'extérieur, ce n'est qu'avec désespoir que, chaque jour, tu verras le temps impitoyable flétrir ta beauté. Réfléchis donc! La coquetterie est un vrai labyrinthe sans fin. Esclave des plaisirs et de la mode, elle entraîne la femme dans une vie de dissipation, bien opposée aux devoirs que le ciel lui impose.

LA JEUNE FILLE.

Ceci est singulier, je ne me sens plus aucun penchant pour la toilette. Oh! je m'ennuierais maintenant, s'il me fallait passer deux heures devant une glace, à me regarder et à vouloir déguiser la nature. Que m'importe d'être jolie ou laide, d'être mise avec coquetterie, pourvu qu'on m'aime à cause de mes qualités, de mon bon cœur, et je veux qu'on m'aime toujours, car le cœur ne vieillit pas.

LE MAUVAIS ANGE, *à part.*

Mon ennemi triomphe !... Démon de la paresse, viens à mon secours !

———

DEUXIÈME PARTIE

LA PARESSE

LA JEUNE FILLE, *prenant un livre.*

Si j'employais à m'instruire les heures si longues que je consacre à ma toilette ?

LE BON ANGE.

Oh ! oui, travaille : apprends que Londres est la fière métropole du royaume britannique ; que Venise, avec ses palais de marbre, flotte sur l'Adriatique ; que le Nil fertilise l'ancienne patrie des arts...; que...

LE MAUVAIS ANGE, *l'interrompant.*

Eh ! que t'importe à toi le nom des villes, des fleuves, et de toutes ces contrées que tu n'as pas vues et que tu ne verras jamais ? Tu serais trop patiente de te fatiguer l'esprit à retenir des mots dont une femme n'a pas occasion de se servir, à moins de passer pour une pédante... Pense plutôt à te distraire avec tes compagnes vives et folâtres. Le plaisir... c'est la vie !

LA JEUNE FILLE.

Ah !... le jeu, le plaisir... Mon sang bouillonne... Cependant, avant de prendre quelque distraction, je dois lire une page d'histoire...

LE MAUVAIS ANGE.

L'histoire... des dates sans nombre, arides pour la mémoire... des crimes se reproduisant sous différentes formes... A quoi sert de penser aux événements passés ? La chronique des salons, histoire vivante, suffit pour employer tous tes instants.

LA JEUNE FILLE.

Se moquer, médire, c'est plus amusant... (*Jetant le livre sur la table.*) Loin de moi ce livre ennuyeux ; je n'ai pas besoin d'être savante.

LE BON ANGE.

Jeune insensée, qu'est-ce qu'un être sans éducation ? C'est un être mille fois au-dessous de la brute, puisqu'il possède un feu sacré, l'intelligence, et qu'il ne l'entretient pas avec la science. L'esprit est une vaste mer, que doivent enfler les connaissances divines et humaines. Tu dédaignes l'histoire, quand par l'histoire tu apprends à former ton jugement et ton cœur. La chevaleresque Espagne, cette fille ingrate, qui chassa de son sein les Mores, qui lui avaient donné sa première splendeur, te prouve que l'ingratitude reçoit sa punition, puisque bientôt la nation que Charles-Quint avait rendue la reine du monde, perdit toute sa force et sa gloire... Mille autres exemples, puisés dans les siècles passés, te donnent des leçons de courage, de vertu, de grandeur d'âme, et te préservent des vices, qui ont apporté le malheur et les remords.

LE MAUVAIS ANGE.

Mais il n'est pas nécessaire à la femme d'être savante comme l'homme.

LE BON ANGE.

La science ne connaît pas de maîtres. Elle appartient aux deux sexes; ils possèdent également ce diamant, qu'il suffit de travailler pour en faire sortir mille étincelles! La femme, destinée à vivre avec l'homme, ne doit-elle pas comprendre le langage d'un père, d'un fils? Restera-t-elle étrangère à la conversation, ou bien ne doit-elle parler que de ces bagatelles qui finissent par amener le sourire de la pitié. L'instruction est la plus belle dot et la première richesse d'une jeune fille. Elle peut, sans crainte, puiser à son trésor sans jamais le diminuer. L'instruction chasse l'ennui, nourrit l'imagination et agrandit la pensée.

LA JEUNE FILLE.

Mes idées s'ouvrent... je veux devenir riche en science, afin d'avoir une ressource dans l'âge mûr.

Je veux planter l'arbre dans mon printemps, afin
d'en recueillir les fruits dans mon automne....

LE MAUVAIS ANGE.

L'impiété va me venger de cette nouvelle défaite.

———

TROISIÈME PARTIE

L'IMPIÉTÉ

LE BON ANGE.

A genoux!.. Le soleil, flambeau de l'Éternel,
dore les collines. Prosterne-toi, et, pénétrée de
respect et de reconnaissance, offre à Dieu le jour
qu'il t'a donné.

LE MAUVAIS ANGE.

Faible créature, ta prière sera perdue dans
l'immensité, comme la goutte d'eau dans la pro-

fondeur des mers : qu'importe à Dieu la prière d'un atome comme toi ?

LA JEUNE FILLE.

Oui, je ne suis qu'un atome dans l'espace ; car mes yeux ne peuvent mesurer l'horizon sans fin, et ma voix est trop faible pour arriver jusqu'au trône de Dieu !

LE BON ANGE.

Ta voix est trop faible, dis-tu, pour monter jusqu'au Très-Haut ; mais lui, il daigne descendre jusqu'à toi, il daigne écouter la prière de tous ses enfants.

LE MAUVAIS ANGE.

Qu'est-ce qui te prouve que Dieu est auprès de toi ; pourquoi se dérobe-il à ta vue ?

LA JEUNE FILLE.

Puis-je aimer, puis-je adorer celui que je ne vois pas, que je n'entends pas ?

LE BON ANGE.

A tous les instants Dieu t'annonce sa présence universelle; il est la brise qui te caresse, et que tu ne peux ni voir ni saisir; il est la rosée du matin, qui donne la vie aux fleurs et aux plantes; il se montre à toi sous toutes les formes : il est l'azur du ciel, emblème d'un beau jour; il est le soleil qui réveille le monde; il est l'astre de la nuit qui donne le repos au juste. Porte tes pas dans une vallée, gravis une montagne, écoute la voix puissante de la nature : c'est Dieu qui te parle par le murmure des flots, par le sifflement des vents. A genoux donc, hommage à la puissance divine!... hommage au père de tes pères!!!

LE MAUVAIS ANGE, *retenant la jeune fille qui va s'agenouiller.*

Que vas-tu faire ? Comme la fleur qui s'épanouit, reçois les bienfaits de la nature et n'en cherche pas la source; profite du présent sans t'inquiéter de l'avenir, tu seras bien plus heureuse.

LE BON ANGE.

Heureuse sans religion, est-ce possible? Si tu

parviens à t'étourdir quelques instants au milieu des plaisirs du monde, tu te réveilleras bientôt avec une pensée amère, la mort, qui mettra un terme à ton bonheur factice. Aujourd'hui vive et joyeuse, demain froide et glaciale ; aujourd'hui si charmante, demain si affreuse ! Oh ! cette pensée est horrible, n'est-ce pas, pour l'impie !..

LA JEUNE FILLE.

Ah ! je frémis...

LE BON ANGE.

La religion, qui enseigne la reconnaissance envers Dieu, est non-seulement un devoir, mais encore une nécessité pour goûter un bonheur sans amertume. Accablée par la maladie, le malheur, la vieillesse, si tu penses à l'immortalité de l'âme, tu supporteras alors, avec courage, avec résignation, les souffrances de cette vie, dans l'espérance d'une autre meilleure. Plus forte que la mort, tu pourras la braver et lui dire : Viens me frapper ! je ne te crains pas... viens me revêtir de la robe des anges !

LA JEUNE FILLE.

C'en est fait ! tes paroles ont pénétré jusqu'au

fond de mon cœur; tu me fais entrevoir une nouvelle existence : l'esprit divin m'éclaire. Satan, je reconnais maintenant tes insinuations perfides ; je vois les piéges que tu voulais tendre : tu me montrais une ombre de bonheur, qui se serait dissipée comme l'éclair. Fuis loin de moi, esprit du mal, je te déteste et je te chasse à jamais !

LE MAUVAIS ANGE.

Malédiction ! elle m'échappe... Allons tenter une autre âme.

(Il sort furieux.)

LA JEUNE FILLE, *se jetant à genoux.*

Merci, mon Dieu ! merci de m'avoir donné assez de force pour chasser mon plus cruel ennemi, et pour vaincre trois vices qui auraient causé ma perte. O mon Dieu ! désormais mon existence sera consacrée à t'aimer, à te demander la continuation de tes bienfaits. Je mêlerai ma voix à la grande voix de la nature pour célébrer ta grandeur suprême. (*Au bon ange.*) Mais toi, qui m'as donné de si bons conseils, qui m'as préservée du démon, qui donc es-tu?

LE BON ANGE.

Je suis ton bon ange, ton ange gardien, envoyé de Dieu pour combattre en toi la pensée du mal... Je suis ta conscience, consulte-la toujours; elle ne trompe jamais !

FIN

PARIS. — IMP. ÉDOUARD BLOT, RUE SAINT-LOUIS, 46.